きつねうどん

阪田寛夫

童話屋

目次

装幀・画　島田光雄

きつねうどん

きつねうどんを
しってるかい
ただのうどんじゃ
ないんだよ
ざぶとんみたいな
あぶらげが
どかんとあぐらを
かいてんだ

きつねうどんが
うまいのは
ピューピュー風《かぜ》の
さむい日《ひ》だ
フッフー　チュルリ
フッフー　チュルリ
口《くち》とんがらせて
たべるんだ

きつねうどんの
おおもりを
三ばいたべたら
ごうけつだ
どんぶりかかえた
おじさんの
耳《みみ》がピクピク
うごいてる

まんじゅうとにらめっこ

まんじゅう
まんじゅうくん
にらめっこしよう
うすっちゃいろの　はげあたま
おかしくないぞ
たべたくないぞ
　ウン　ウン

まんじゅう
まんじゅうくん
にらめっこよそう
うすっちゃいろの　こげまんじゅう
やっぱりまけた
たべたくなった
　パク　パク

たべちゃえ　たべちゃえ

たべちゃえ
たべちゃえ
どんどこ　どん
やめられないもん
おいしいんだもん
せかい　いっぱい
ほおばって
どこ　どん

たべちゃえ
たべちゃえ
ばんばか　ばん
やめられないもん
おいしいんだもん
おなか　いっぱい
たたいて
ばか　ばん

おなかのへるうた

どうしておなかがへるのかな
けんかをするとへるのかな
なかよししててもへるもんな
かあちゃん　かあちゃん
おなかとせなかがくっつくぞ

どうしておなかがへるのかな
おやつをたべないとへるのかな
いくらたべてもへるもんな
かあちゃん　かあちゃん
おなかとせなかがくっつくぞ

やきいもグーチーパー

やきいも　やきいも
おなかが　グー
ほかほか　ほかほか
あちちの　チー
たべたら　なくなる
なんにも　パー
それ　やきいもまとめて
グーチーパー

おしっこのタンク

タンク　まんタン
ひゃくリッター
いっぱい　ぱい
こぼしちゃたいへん
いってきまあす
　そおろそろ

のんだ　ときには
みずだった
ほんと　だよ
なぜだろ　ほかほか
ゆげがでまあす
おしっこ

朝《あさ》いちばん早《はや》いのは

あさ　いちばんはやいのは
パンやのおじさん
あせかいて　あかいかお
しろいこな　こねる
ヨイコラショ　ヨイコラショ

おつぎは　とうふやさん
ハチマキの　おじさん
ガンモに　あぶらあげ

ほらほら　できた
ジュッジュジュジュ　ジュッジュジュジュ

そのつぎは　ぎゅうにゅうやさん
めがねのにいさん
カチャカチャカチャ　じてんしゃで
ぎゅうにゅうを　くばる
カチャカチャ　カチャカチャ

まだまだ　はやいのは
しんぶんの　はいたつ
キューキュキュキュと　しごいては

はい　ちょうかん　おはよ
キュキュキュキュキュ　キュキュキュキュキュ

あさ　いちばんおそいのは
ぼくんちの　にいさん
たたこうが　ゆすろうが
グーグー　ねてる
グーフンガフンガ　グーフンガフンガ
グーフンガフンガ　グーフンガフンガ

おとなマーチ

なりたいなりたい
なりたいなりたい
おとなになりたいたい
おとなになったら
コーヒーをのんじゃう
ガッポガッポ　のんじゃう
ぎゅうにゅうなんか　いれないでさ
さとうはボカボカ　ぶっこんでさ
ひとくちのんだら　かためをつぶり

きょうのはすこし
にがみがたりないね
おばさん

なりたいなりたい
なりたいなりたい
おとなになりたいたい
おとなになったら
おそくまでおきちゃう
ガッポガッポ　おきちゃう
テレビはぜんぶ　見《み》ちゃってさ
しゅくだいなんか　やらないでさ

十時《じ》をすぎたら　こういってやるんだ
さあさあ　みんな
いそいでねちゃいなさい
　　　　　子《こ》ども

なりたいなりたい
なりたいなりたい
おとなになりたいたい
おとなになったら
タクシーにのっちゃう
ガッポガッポ　のっちゃう
おかねをうんとこ　もっててさ

片手《かたて》でひょいと　とめちゃってさ
とびらをしめたら　ふんぞりかえって
ゆるゆるやってくれ
ぼくらの学校《がっこう》へ
　おじさん

ZZZZ

マンモス

ライオン王《おう》さん
どえらい声《こえ》でいいました
ものろもつるけえ――

つるきましたは　なめくじら
のろまのねこが一匹《いっぴき》
さあたいへん

ふくれましたはライオン王《おう》さん
しゃぼてんなんぞ　はり倒《たお》し
マンモスはどないしよったあ——
マンモスはひるねですわい

はぶらしくわえて

はぶらしくわえて
「あのね」っていったら
「アオエ」になっちゃった

はぶらしくわえて
「おはよ」っていったら
「オアヨ」になっちゃった

うがい　ガラガラ
ガラガラガラガラ　プウ
「あのね」
「おはよ」

さんびか

ぐっとばあい
ぐっとばあい
びいおおれす
かんだんつるう！
なんのことだか
わからない

なんのことだか
わからんが
これをうたえば　さよならだ

"Good-bye good-bye,
Be always kind and true!!"

せかいびょういん　まちあいしつ

きみは　どこか　わるいのか
パラグアイ
しんさつ　うけたか
マダガスカル
いってこいよ
ハイチ

つれてってやろうか
イラン　ジャマイカ
はやかったな　けんさうけたか
スーダン
なんていわれた？
ブダペスト
げっ！　でんせんびょうだ
カルカッタ
かるいペストなんて　あるもんか
アルジェー
もっと　はなれてくれよ
ヨルダン

そばへくるなって！
オスロ
よせ！　たすけてえ
ガボン！

（ガボンはアフリカの国《くに》）

ライオンのひみつ

おおきなこえじゃ
いえないけれど
せかいで　いちばん
たいへんな　ヒミツ
ライオンの　はなは
だんごばな

おおきなこえじゃ
いえないけれど
せかいで　いちばん
あたらしい　ヒミツ
ライオンの　おくば
いればだよ

ちこく王《おう》

ちこく王《おう》ニコポン三世《せい》
またの名《な》は山田《やまだ》くん
あさ、学校《がっこう》へ行《い》く道《みち》で
ちこく王《おう》にあったら、百《ひゃく》ねんめ

ちこく王《おう》はあわてない
ぼうしよこっちょニコニコ
あっちをみたり　こっちをみたり
うしろむきにあるいたり

こっちもきもちが大《おお》きくなり
王《おう》さまとゆうゆう、ぎょうれつ
あっちむき　こっちむき　うしろむき
学校《がっこう》はもう、シーン……

でも一日《にち》にただ一ど
ちこく王《おう》がかけだす
それは学校《がっこう》がすんでかえるとき
「あそべや、ものども」
ちこく王《おう》　まってくれえ！

ああめん　そうめん

ああめん　そうめん
ひやそうめん
夕日《ゆうひ》にそめた
ひやそうめん
ぶりきたたいて
かんからかん

とうさんいびょうで
死《し》んじゃった
ああめん　そうめん
ひやそうめん
夕日《ゆうひ》にまっかなひやそうめん

ドレミファかえうた

はじめは　ふつうに　うたってみよう
ドレミハソラシド　ドシラソハミレド
むかしは　ふざけて　こう　いった
ドラネコソラキタ　ドシタラヨカロウ
むかしゃ　どらねこ　いま　パンダ
タレメノソダチゾ　クジラジャナケレド

くすりやさんでは　こう　うたえ
ドレガハブラシダ　ドチラモハミガキ
さいごに　きどって　アンコール
どれみふぁソナチネ　どしらそファミコン

ねこふんじゃった

ねこふんじゃった　ねこふんじゃった
ねこふんづけちゃったら　ひっかいた
ねこひっかいた　ねこひっかいた
ねこびっくりして　ひっかいた
悪《わる》いねこめ　つめを切《き》れ
屋根《やね》をおりて　ひげをそれ
ねこニャーゴ　ニャーゴ　ねこかぶり
ねこなで声《ごえ》　あまえてる

ねこごめんなさい　ねこごめんなさい
ねこおどかしちゃって　ごめんなさい
ねこよっといで　ねこよっといで
ねこかつぶしやるから　よっといで

ねこふんじゃった　ねこふんじゃった
ねこふんづけちゃったら　とんでった
ねことんじゃった　ねことんじゃった
ねこお空《そら》へとんじゃった
青《あお》い空《そら》に　かささして
ふわり　ふわり　雲《くも》の上《うえ》
ごろニャーゴ　ニャーゴ　ないている

ごろニャーゴ　みんな　遠《とお》めがね
ねことんじゃった　ねことんじゃった
ねこすっとんじゃって　もう見《み》えない
ねこグッバイバイ　ねこグッバイバイ
ねこあしたの朝《あさ》　おりといで

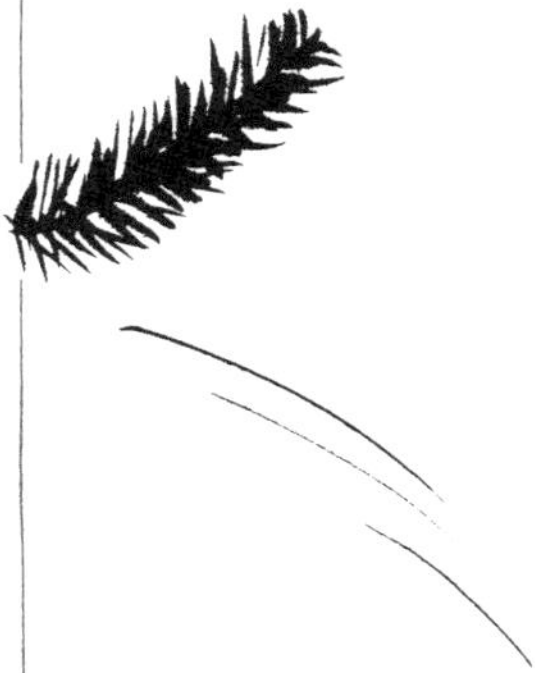

ぼくたちのあいさつ

まどあけて「おす！」
手《て》をあげて「おす！」
かけてって「おす！」
ふざけたあいつは
「メス！」なんていうが
あうときは「おす！」
ぼくたちのあいさつ

けんかした日《ひ》
しゃくにさわる日《ひ》
ぼくたちはだまってる
「ジロリ」と「ジロリ」
つまり化石《かせき》のヘビになるんだな

ポケットに両手《りょうて》
しん、と化石《かせき》はかんがえる
「おれはもう、息《いき》がつまるぞ」
「ひょっとしたら、あいつも
そう思《おも》ってやがるのではなかろうか」

化石《かせき》のヘビに足《あし》がはえ
ひろっぱへすっとんで
そして　どなる
「おす！」
へんじがくる
「オス！」
「おす！」「オス！」
「おーす！」「メース！」

あうときは「おす！」
ぼくたちはセンゲンする

どんなときにも「おす！」

クク

インイチインニーニー
へんなふしつけて
インサンサン
インゴーゴー
なんだかきみわるい
ニイチ君《くん》のおかあさんはアメリカ人《じん》
どっちの言葉《ことば》で考《かんが》えるの、ときいたら
「計算《けいさん》するときは日本語《にほんご》だな
英語《えいご》よりニニンガシが早《はや》いから」だって

いわれてみれば
サザン
サブロク
サンパだなんて
うまいもんだね、考《かんが》えた人《ひと》は
シシしょんべん
シワサンジューニほん
などというのもありまして
ゴックシジューゴ
ロックゴジューシ
そのあとちょっと調子《ちょうし》わるくて
ようやく、ハッパロクジューシ

ククのことを「クク」といおうと
きめたのだれよ
よく考《かんが》えるとおかしくて
クク…

子《こ》どものうたの歌《うた》

子《こ》どものうたは
木《き》の芽《め》か　花《はな》か
浮《う》いてるようで
根《ね》があって
ぬり絵《え》みたいで
地《ち》の色《いろ》で

みんなでうたうと
はずかしい
あんまりぴったり
くるもんで
ひとりうたえば
てれくさい
まるでじぶんの
ことだから

いつまでたっても
あたらしく
百《ひゃっ》ぺんうたって

まだあきず
ならうまえから
おぼえてて
うたわなくても
わすれない

子《こ》どものうたは
日《ひ》なたの風《かぜ》か
つかむとすぐに
にげちゃって
くるりとまわって
肩《かた》とんとん

うたえバンバン

口《くち》を大《おお》きくあけまして
うたってごらん「アイアイアイ」
そのうたぐんぐんひろがって
だれかの心《こころ》とこんにちは
ああ　いいな
うたごえは「アイアイアイ」
世界《せかい》いっぱい　いっぱい　いっぱい
ララひびきあう

うた　うたえ（オーレ！）
うた　うたえ（オーレ！）
うたえバンバンバンバンバン（オーレ！）
うた　うたえ（オーレ！）
うた　うたえ（オーレ！）
うたえバンバンバンバンバン

ぽんこつマーチ

とうちゃんじまんの
ぽんこつ号《ごう》
はやさはまるで風《かぜ》のよう
野原《のはら》をいけば野《の》の光《ひかり》
モグラが三びき
びっくりして　ちゅうがえり

とうちゃんじまんの
ぽんこつ号《ごう》

ほんとはまるでウシのよう
海《うみ》べをいけば海《うみ》の風《かぜ》
クジラが三びき
ワッハハハと　ふきだした

とうちゃんじまんの
ぽんこつ号《ごう》
エンジンすでに老《お》いたれど
山道《やまみち》いけば山《やま》の霧《きり》
イノシシ三びき
目《め》ン玉《たま》むいて　あと押《お》した

マーチング・マーチ

マーチったら
チッタカタァ
行進《こうしん》だ
右足《みぎあし》くん
左足《ひだりあし》くん
カワリ
バンコ
カワリ
バンコ

ぼくをはこんで
チッタカ　タッタッタァ
野《の》ッ原《ぱら》へつれていけ
チッタカ　タッタッタァ

カ　カ
カエルのおへそ
ミ　ミ
ミミズのめだま
あるのか　ないのか
ないのか　あるのか
見《み》にいこう

マーチったら
チッタカタァ
行進《こうしん》だ
バス道《みち》くん
どろ道《みち》くん
ざっく　ざっく
ぼっこ　ぼっこ
ざっく　ざっく
ぼっこ　ぼっこ
いい音《おと》ならして
チッタカ　タッタッタァ

野《の》ッ原《ぱら》へ　つれていけ
チッタカ　タッタッタア

ただいま

ただいま　タダイマ　ただいま
木《こ》の葉《は》が帰《かえ》ってきます
ねむくてねむくて手《て》をはなしてしまい
早《はや》くもゆらゆら夢《ゆめ》みながら落《お》ちてくる子《こ》や
小枝《こえだ》ごとストンと落《お》ちて目《め》をさます子《こ》や……
「着《き》換《が》えて、手《て》を洗《あら》って、うがいして」
お母《かあ》さんはひとりひとりをつかまえて
ちゃんと寝《ね》かせなきゃと思《おも》うのに
ただいま　タダイマ　ただいま

まだまだ落《お》ちてくる　くる　くる　くる
「着《き》換《が》えて、手《て》を洗《あら》って、うがいして……」
みんなよそゆき姿《すがた》のままで
おりかさなって寝《ね》てしまいます

すっからかんのかん

ちきゅうのうえに　なにがある？
ちきゅうのうえにゃ　そらがある
そらのまだうえ　やねがあるのか？
なんにもない　ただのそら
すっからかんのかん

ちきゅうのしたに　なにがある？
ちきゅうのしたも　そらばかり
そらのまだしした　なにがあるのさ？
なんにもない　ただのそら
すっからかんの　かん

そうだ村《むら》の村長《そんちょう》さん

そうだむらの　そんちょうさんが
ソーダのんで　しんだそうだと
みんながいうのはウッソーだって
そんちょうさんがのんだソーダは
クリームソーダのソーダだそうだ
おかわり十かいしたそうだ
うみのいろしたクリームソーダ
なかでおよげばなおうまそうだ

クリームソーダのプールはどうだと
みんなとそうだんはじめたそうだ
そうだむらではおおそうどう
プールはつめたい　ぶっそうだ
ふろにかぎるときまったそうだ
そうだよタンサンクリームおんせん
あったかそうだ　あまそうだ
おとなもこどもも　くうそうだけで
とろけるゆめみてねたそうだ

「絶対《ぜったい》に」は否定《ひてい》の副詞《ふくし》

バケツ一杯《いっぱい》のごみを
父《とう》ちゃんは気軽《きがる》にざばっと
川《かわ》へ投《な》げこんだ
文句《もんく》言《い》ったら
夜《よる》は見《み》えないからいいと言《い》う
みんながよごすからおなじだと言《い》う

言《い》いながらタバコに火《ひ》をつけて
マッチを棄《す》てた
しまいにタバコも投《な》げこんだ
あついよう
にがいよう
くさいよう
ごみごみの川《かわ》からその時声《ときこえ》がきこえた
そういえばぼくさっき
キャラメルたべて空箱《あきばこ》すてた
こないだなんか死《し》んだネズミを棄《す》てちゃった
ああ　よくないな
反省《はんせい》しちゃうな

夕方《ゆうがた》はあんなにやさしく匂《にお》った川《かわ》が
今《いま》はぶくぶくあぶくを吹《ふ》いている
痛《いた》かったろう
にがかったろう
まずかったろう
なあ　川《かわ》よ
「絶対《ぜったい》に」は否定《ひてい》の副詞《ふくし》だ知《し》ってるか？
今日《きょう》からはもうぜったいによごさないぞ

それからタケシのうちへ行《い》った
タケシもぜっ　　　　　たいよごさない
と言《い》った

そのいきおいでねじこんだ
とうちゃん　とうちゃん
川《かわ》をよごすは自分《じぶん》をよごすこと
ぼくらはもうぜっ　たいよごさないからね
とうちゃんは四《し》の五《ご》の言《い》ったが
それでもついにおしまいに
おまえが汚《よご》さないならおれも男《おとこ》だ
こんごはぜっ　たい
汚《よご》さないからそう思《おも》え、と言《い》った

どんぶらこっこ

どんぶらこっこ　すっこっこ
どんぶらこっこ　すっこっこ
桃《もも》をはこんだ桃《もも》の川《かわ》
花《はな》びら浮《うか》べて隅田川《すみだがわ》
母《はは》なるヴォルガはエイ・ウッフ・ニィエム
棉《わた》の花咲《はなさ》くスワニー川《がわ》
トムソーヤーのミシシッピー
ロンドン橋《ばし》おちるよテームズ川《がわ》に
ウィーンにシェーネン・ブラウエン・ドナウ

名《な》前《まえ》のある川《かわ》　名《な》なし川《がわ》
川《かわ》という川《かわ》どの川《かわ》も
過去《かこ》と未来《みらい》のさかいめに
かすかな雲《くも》の影《かげ》うつし
どんぶらこっこ　すっこっこ
いま流《なが》れてる　すっこっこ
いまこっこ
いまこっこ……

ところがトッコちゃん

みなさん　ぼくは
トッコちゃんがすき
ところがトッコちゃんは
ネコがすき
しかたなくてぼくも
ネコがすきになった

みなさん　ぼくは
トッコちゃんがすき

ところがトッコちゃんは
ネコがすき
ところがネコのやつ
シャケがすき
しかたなくてぼくも
シャケがすきになった

シャケは　しょっぱい
ネコ　そっけない
まるで　トッコちゃんだ
シャケ　ネコ　トッコちゃん

って言《い》ったら
キライって　ひっかかれた

それでも　ぼくは
トッコちゃんがすき
ところが　トッコちゃんは
ぼくが　きらい
しかたなくてぼくも
ぼくがきらいになった

みなさん　ぼくは
ぼくがきらい
ところがトッコちゃんも
ぼくがきらい
それならしゅみが　いっしょ
てをつなごう
しかたなくて　トッコちゃん
ぼくをすきになるぞ

しかたなくて　トッコちゃん
ぼくをすきになる……はずがないや

スケベエ大会《たいかい》

「お母《かあ》さん、今日《きょう》スケベエ大会《たいかい》があるんやて」
学校《がっこう》がえりの僕《ぼく》は言《い》った
「行《い》ってもええか」
わけも判《わか》らず叱《しか》られた一年生《ねんせい》の僕《ぼく》

五年生《ねんせい》、
朝《あさ》のラジオ体操《たいそう》で
水原節子《みずはらせつこ》が体《からだ》をまげるしゅんかん
白《しろ》いパンツを見《み》てしまう僕《ぼく》

ガソリンカーが鉄橋《てっきょう》をわたる
車体《しゃたい》のうらがわの黒《くろ》いキカイを見上《みあ》げるだけで
オシッコをちびる気持《きもち》になった僕《ぼく》
それから、
従姉《いとこ》のリエコがきた
リエコは不良少女《ふりょうしょうじょ》だが
だましておんぶしてやった
十九歳《さい》の不良少女《ふりょうしょうじょ》のおなかの下《した》に
そのとき感《かん》じたコリコリのホネ

そとに花吹雪《はなふぶき》
スケベエこそは僕《ぼく》

どうして僕《ぼく》はこうなのか
なみだを流《なが》して考《かんが》えたが
おしりの上《うえ》にうずくコリコリ以上《いじょう》のしあわせは
僕《ぼく》にはみつからなかった

はのは

あははの　はのはの
はが　ぬけた
やねの　むこうへ
ぽんとなげた
あははの　はのはは
どこいった
さがしているまに
また　はえた
はのは

あははの　はのはが
また　ぬけた
かみに　つつんで
はいどうぞ
あははの　はのはを
どうしよう
かんがえてるまに
また　はえた
　はのは

ともだち讃歌《さんか》

ひとりとひとりがうでくめば
たちまちだれでもなかよしさ
やあやあみなさん　こんにちは
みんなであくしゅ
空《そら》にはお日《ひ》さま　あしもとに地球《ちきゅう》
みんなみんなあつまれ
みんなでうたえ

ロビンフッドにトムソーヤー
みんなぼくらのなかまだぞ
おひげをはやした　おじさんも
むかしはこども
空《そら》にはお日《ひ》さま　あしもとに地球《ちきゅう》
みんなみんなあつまれ
みんなでうたえ

水《みず》のなか

水《みず》のなかにいると
さかなだった時《とき》のこと
思《おも》い出《だ》す
くねって　もぐる
うねって　はねる
そんなにうまくいかないね
忘《わす》れてしまって人間《にんげん》になって
何億年《なんおくねん》もたったんだ

すると　ぼく　ことし
二億《おく》プラス　十一歳《さい》
つい　すーい　ざぼざばん
なつかしの国《くに》めざして

水《みず》のなかにいると
おなかのなか泳《およ》いだこと
思《おも》い出《だ》す
くねって　もぐる
うねって　はねる
こいつはじょうずにできそうだ
忘《わす》れてしまって赤《あか》ん坊《ぼう》になって

まだ十一年《ねん》たっただけ
すると　ぼく　ことし
十月《とつき》プラス　十一歳《さい》
つい　すーい　ざぼざばん
ひかりのしぶきめがけて

ちいちゃく　おおきく

ちいちゃくちいちゃく　ちいちゃくちいちゃく
ちいちゃく　なっちゃった
ちいちゃくちいちゃく　ちいちゃくなって
わんわんいぬに　なっちゃった

まだまだちいちゃく　ちいちゃくちいちゃく
ちいちゃく　なっちゃった
ちいちゃくちいちゃく　ちいちゃくなって
ぴょんぴょんかえるに　なっちゃった

まだまだちいちゃく　ちいちゃくちいちゃく
ちいちゃく　なっちゃった
ちいちゃくちいちゃく　ちいちゃくなって
とうとうなんにも　なくなった

みえないよ　みえないよ
なんにも　みえないよ
あんまりみえなきゃ　こまるから
おおきく　おおきく
おおきく　なっちゃえ

おおきくおおきく　おおきくおおきく
おおきく　なっちゃった
おおきくおおきく　おおきくなって
ぴょんぴょんかえるに　なっちゃった

まだまだおおきく　おおきくおおきく
おおきく　なっちゃった
おおきくおおきく　おおきくなって
わんわんいぬに　なっちゃった

まだまだおおきく　おおきくおおきく
おおきく　なっちゃった

おおきくおおきく　おおきくなって
やっとふつうに　ぎゃくもどり

ひかりが　いった

ひかりが　いった
「やっほー　かがみ」
「かがみじゃないよ」
と、うみが　いった
「ぼくは　うみ」

「ああ　そうか
かがみのことを
うみと　いうのか
このほしでは」
「ちがいます」
と、かわが　いった
「わたし　かわですよ」

「ふーん
おおきい　かがみが　うみで
ほそながい　かがみが　かわか」

それから　ひかりは
ひくいところまで　おりてきて

「じゃあ　きみは　なんて　なまえ？
ゆうがたの　ちいさな　かがみ」

「いけだよ　い・け」
と、いけが　げんきに　こたえた
「へーえ　いけだって？
いけは　ちいさいから
もりや　いえなんか　うつすのか」
「ちいさくないから
とりだって　うかべるんだあ」

でも　あめが　ふって
　くらくなると
いけは　べそを　かいて
　なにも　うつさなくなった

なみが　でてくると
　うみも　うなって
　　かがみを　やめた
かがみが　なくなると
ひかりも　きえそう
ひかりが　きえたら
どうなるの
　どうなるの
　　どうなるの……
ひかりは　きえなかったよ
　くらくなると
　　くらくなるほど
　　　ひかりは
　　　　ひかる

ほら
　うみが　また
かがみに
なりたがっている
ひかりが　いった
「やあ　うみ！
　あくしゅ！」
うみが　いった
「まってたんだよ」
ひかりが　いった
「やあ　かわ！
　かがみに　なったね」
かわが　いった
「とりも　たくさん
　うかべましたよ」
「やあ　いけ！
　ぼくの　ちいさな　かがみ」
いけが　こたえた
「やっほー　ひかり！
　おおきくて　とおくて
　かがみが　はいりきらないよ」

すき　すき　すき

ようちえんで　まちがえた
せんせいのこと
おかあさん、てよんじゃった
ぼくは　あかくなって
せんせいは　もっと　あかくなって
そんなに　おかあさんが
すきなのねって
いいました

おうちで　まちがえた
おかあさんのこと
せんせい、てよんじゃった
わたし　びっくりして
おかあさん　もっと　びっくりして
そんなに　せんせいが
すきなのねって
いいました

せんせいは　せんせい
おかあさんは　おかあさん

おなじじゃないけど
すき　すき　すき！

おかあさんをさがすうた

かけて　かけて
かえってきたのに
おかあさん
いないんだ
いやだなあ　おかあさん
こんなにたくさん
つくしんぼみつけて
きたのにさ

はやく　はやくと
かえってきたのに
おかあさん
いないんだ
いやだなあ　おかあさん
こんなにきちんと
やくそくまもって
いるのにな

なかも　そとも
やねもみたのに
おかあさん

いないんだ
でてきてよ　おかあさん
かくれんぼだったら
さがしてつかまえて
やるのにさ

おとうさん

おとうさんのかおに
しみがある
いつのまにできたの
よそのひとみたい
ぼく　なんだか
かわいそうだなあ
おとうさん

おとうさんがひるま
うちにいる
いつのまにかえったの
よそのひとみたい
ぼく　なんだか
しんぱいだなあ
おとうさん

おとうさんがたたみに
ねそべった
へんないびきかいてる

よそのひとみたい
ぼく　こんばん
おはなし　してあげよう
おとうさん

なまえ

じいたんは　なぜ
じいたんて　いうの？
それは　ちさちゃんが
じいたんと　よんだから
ちさは　なぜ
ちさって　いうの

それは　おとうさん　おかあさんが
ちさちゃんと　よんだから

じいたんは　おとうさん　おかあさんが
じいたんと　よばなかったの？

じいたんと　よばなかったよ
たろちゃんと　よんだよ

たろちゃん

はーい

ひいじいちゃんの子守歌《こもりうた》

おひさま　しずめば
おはなも　ねむる
おはなが　ねむれば
こどもも　ねんね
ねんねん　ねねむの
つきよの　のはら
こうまも　いそいで
おめめを　とじた

おはなと　こどもの
ねむりの　くには
まあるい　ねいきに
かぜさえ　ほのか
ねんねん　ねねむの
ぎんいろ　のはら
おはなの　のこした
なみだが　きらり

ねんねん　ねねむの
ねむりの　なかに

あしたの　ひかりが
めばえて　くるよ

おこってるな

おこってるな
おこってるな
おにいちゃんたら
おこってるな
どうしてわかるか
おしえてあげる
だって　だって
らいおんみたいに
どなるんだもん

おこってるな
おこってるな
おねえちゃんたら
おこってるな
どうしてわかるか
おしえてあげる
だって　だって
かまきりみたいな
めだまだもん

おこってるな
おこってるな
ぼくもすこし
おこってるな
どうしてわかるか
おしえてあげる
だって　だって
おはながぴくぴく
うごくんだもん

アンケート

おとうさんを　なんとよびますか？

オットセイの子《こ》　オットー
オランウータン　おらントータン
花火屋《はなびや》の子《こ》　パパン
「長靴下《ながくつした》のピッピ」　パッパ
パパイヤ　にほんごでよぶ
めうし　ちちうえ
さかな　ととさん

トンカチ
かみなりの子《こ》
あまだれ
ドラマーの子《こ》
門番《もんばん》の子《こ》
タマゴ
かみさま

おとんカチ
おやじ
トッ　チャン
チャン
とおさん
おやだま
ゴッド・ファーザー

アンケートⅡ《ツー》

おかあさんを　なんとよびますか？

おむすびやさん　おかか
ちゅうかりょうりやさん　ちゃーちゃん
かぎやさん　カチャン
からす　カーチャン
ガラス　ガチャン
おさけ　おかん
おこうちゃ　おかあちゃま

みかん　ママレード
カンガルー　おふくろ
ラッコ　だっこ
ヒヒ　ハハ
へび　ははじゃ
はしらどけい　カッチン
パラシュート　おっかさん
あり　ありのまま

ニンゲン

ニンゲンってなんだろう
ニンゲンってのはなくものさ
おじいちゃんはそういった
だけどぼく
おじいちゃんのないたの
見《み》たことないや

ニンゲンってなんだろう
ニンゲンってのは死《し》ぬものさ

お兄《にい》ちゃんはそういった
だけどぼく
おにいちゃんの死《し》んだの
見《み》たことないや

ニンゲンってなんだろう
ニンゲンってのはわらうもの
おかあさんはそういった
だからぼく
おかあさんとふたりで
ニコニコ　ニコニコ

ちいさい　はなびら

ちいさい　はなびら
どこから　きました
まどから　ですか
そらから　ですか
いいえ
げんかんからよ

ちいさい　はなびら
どこまで　かえるの
きのえだ　ですか
はのかげ　ですか
いいえ
ゆうひの　くによ

編者あとがき

田中和雄

ずいぶん昔、神田の古本屋で「まどさん」(新潮社)の初版本を見つけた。カバーはなかったが、万年筆で阪田寛夫と律儀な字でサインが入っていた。一読して阪田さんに会いたくなった。

頭のなかを三冊の編集プランがくるくる回っていた。一冊は、まど・みちおさんの「くまさん」。二冊目は阪田さんの「てんとうむし」。三冊目も阪田さんで「まどさんのうた」である。

装幀の島田光雄さんに無理を頼んで表紙の絵を画いてもらい、阪田さんに見せた。阿佐谷のとらやという和菓子屋で喫茶店もかねている。阪田さんはぜんざいを頼み、ぼくはコーヒーを頼んだ。

絵には「まどさんのうた」阪田寛夫著と書いてある。「おっ、こういう本がありますか」と阪田さんは手にとった。中身は「のはらうた」である。「はい、いまに本になります」とぼくが言うと、破顔一笑「まどさんのこととなるとつい引き受けてしまいます」と小さな声でおっしゃった。

原稿〆は一年後だったが、ずっと音沙汰が無いので、「てんとうむし」が先に出た。まどさんの「くまさん」もそろそろ出ます、と言ったのが催促になって、結果、まどさんの本が二冊一緒に出来あがった。

しかし、「てんとうむし」は、ぼくが若い頃の編集だったので、いい詩をたくさん落としてしまっていて、それが悔やまれた。一つは表題にもなった「きつねうどん」である。

きつねうどんを

しってるかい

ただのうどんじゃ
ないんだよ
ざぶとんみたいな
あぶらげが
どかんとあぐらを
かいてんだ
（後略）

たしかに、きつねうどんを注文すると、ざぶとんみたいな油揚がどかんとあぐらをかいている。芥川賞を受賞するような、えらい作家のだれがこんな幼い詩を書くだろうか。

この詩は阪田さんが44歳のときの作品で、「サッちゃん」の入った「ぽんこつマーチ」（大日本図書）という詩集に入っている。その五年後、阪田さんは「土の器」で第72回芥川賞を受賞した。

もう一つある。「マンモス」という詩だ。(「わたしの動物園」牧羊社)

ライオン王さん
どえらい声でいいました
ものろもつるけえ――

つるきましたは　なめくじら
ちんばのねこが一匹
さあたいへん
ふくれましたはライオン王さん
しゃぼてんなんぞ　はり倒し
マンモスはどないしよったあ――

マンモスはひるねですわい

王さまのライオンが「者ども続け！」と張りきって叫んだのに「ものろもつるけえ――」になってしまったという件《くだり》がおかしくて、くどうなおこさんはすっかり阪田ファンになってしまった。

この話は伊藤英治さん（二〇一〇年十二月没）が編集した「阪田寛夫詩集」（ハルキ文庫）に、くどうさんのエッセイとしてのっている。ぼくが落としてしまった詩は、この他にも「ねこふんじゃった」「〝絶対に〟は否定の副詞」「ひかりが　いった」などたくさんあった。

そこで「てんとうむし」につづく二冊目の阪田寛夫アンソロジーに取り組んで、はたと困った。「マンモス」の二連の「ちんばのねこ」がいけない。伊藤さんはくどうさんがエッセイに書いているのに詩集には入れなかった。ならば「マンモス」を外すか。それでは画竜点睛を欠くではないか。入れたい、どうしてもいれたい――ともがいていると、天の助け、長女の内藤啓子さんから「のろまのねこ」というアイデアが出た。編者と二人で、阪田さんに手を合わせた。

美しい絵本が一冊ある。「ひかりが　いった」(至光社)。川崎春彦さんの14枚の絵に、阪田さんが詩をつけた。光が海に「やっほー　かがみ」と呼びかける。海は「かがみじゃないよぼくは　うみ」と答える。光は川や池にも呼びかける。雨が降ると暗くなり、光は消えそうになる。どうなるの　どうなるのと心配するが、

ひかりは　きえなかったよ
　くらくなると
　くらくなるほど
　　ひかりは
　　ひかる

阪田さんの詩を得て、絵は人の力を超えた。しかし、絵本では詩は横書きである。編者はあえて詩の美しさをたて書きで詩集に収めた。
おじいさんの歳になっても、心の底ふかくに潜みつづけた阪田さんの澄んだ瞳に、思わずお辞儀したくなる。

阪田さんは一九二五年に大阪住吉（現・阿倍野区）に生まれ、十九歳で兵隊に行き、病気になって終戦。東大の文学部を出て朝日放送に入り、庄野潤三さんに会う。そして「てんとうむし」「葉月」「熊にまたがり」「びりの　きもち」「木の葉聖書」「カミサマ」「青い地球はだれのもの」（以上「てんとうむし」所収）などの童謡を書きつづけ、日本芸術院文芸部門第45回恩賜賞など数多くの文芸賞を受賞。二〇〇五年永眠。

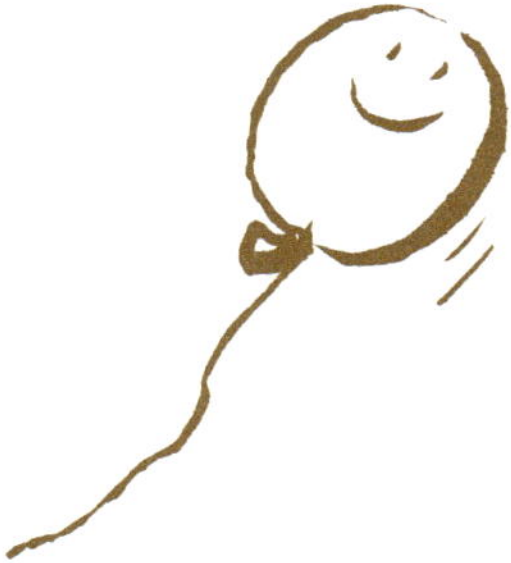

出典一覧

きつねうどん「ぽんこつマーチ」大日本図書
まんじゅうとにらめっこ「サッちゃん」国土社
たべちゃえ　たべちゃえ「サッちゃん」国土社
おなかのへるうた「サッちゃん」国土社
やきいもグーチーパー「詩集 サッちゃん」講談社
おしっこのタンク「サッちゃん」国土社
朝いちばん早いのは「すきすきすき」理論社
おとなマーチ「ぽんこつマーチ」大日本図書
マンモス「わたしの動物園」牧羊社
はぶらしくわえて「サッちゃん」国土社
さんびか「わたしの動物園」牧羊社
せかいびょういん　まちあいしつ「だじゃれはだれじゃ」
　　（まどさんとさかたさんのことばあそびII）小峰書店
ライオンのひみつ「サッちゃん」国土社
ちこく王「夕方のにおい」教育出版センター
ああめん　そうめん「わたしの動物園」牧羊社
ドレミファかえうた「まどさんとさかたさんのことばあそび」小峰書店
ねこふんじゃった「夕方のにおい」教育出版センター
ぼくたちのあいさつ「ぽんこつマーチ」大日本図書
クク「ばんがれ　まーち」理論社
子どものうたの歌「ほんとこうた・へんてこうた」大日本図書
うたえバンバン「すきすきすき」理論社　（第1連のみ）
ぽんこつマーチ「ぽんこつマーチ」大日本図書
マーチング・マーチ「ぽんこつマーチ」大日本図書
ただいま「含羞詩集」河出書房新社
すっからかんのかん「サッちゃん」国土社
そうだ村の村長さん「まどさんとさかたさんのことばあそび」小峰書店
「絶対に」は否定の副詞「夕方のにおい」教育出版センター
どんぶらこっこ「夕方のにおい」教育出版センター
ところがトッコちゃん「夕日がせなかをおしてくる」岩崎書店
スケベエ大会「わたしの動物園」牧羊社
はのは「詩集 サッちゃん」講談社
ともだち讃歌「夕方のにおい」教育出版センター
水のなか「ばんがれ　まーち」理論社
ちいちゃく　おおきく「すきすきすき」理論社
ひかりが　いった「ひかりが　いった」至光社
すき　すき　すき「すきすきすき」理論社
おかあさんをさがすうた「サッちゃん」国土社
おとうさん「サッちゃん」国土社
なまえ「ちさとじいたん」佑学社
ひいじいちゃんの子守歌「夕方のにおい」教育出版センター
おこってるな「サッちゃん」国土社
アンケート　おとうさんを　なんとよびますか？
　　「まどさんとさかたさんのことばあそび」小峰書店
アンケートII　おかあさんを　なんとよびますか？
　　「まどさんとさかたさんのことばあそび」小峰書店
ニンゲン「ぽんこつマーチ」大日本図書
ちいさい　はなびら「サッちゃん」国土社

本書の表記は、小さな読者を考えて漢字にふりがなをふりました。

ご購読いただきありがとうございました。
本書の感想、ご意見、メッセージなどを
右の QR コードを読み込んでお寄せください。

きつねうどん

二〇一一年二月二五日初版発行
二〇二五年四月二九日第五刷発行
詩　阪田寛夫
発行者　金丸千花
発行所　株式会社　童話屋
〒020-0871　岩手県盛岡市中ノ橋通二－一〇－一－七〇三
電話〇一九－六一三－五〇三五
製版・印刷・製本　株式会社　精興社
NDC九一一・一六〇頁・一五センチ
落丁・乱丁本はおとりかえします。

ISBN978-4-88747-106-1